UM PAI DE CINEMA

Antonio Skármeta

UM PAI DE CINEMA

Tradução de
Luís Carlos Cabral

EDITORA RECORD
RIO DE JANEIRO • SÃO PAULO

2011

CIP-BRASIL. CATALOGAÇÃO-NA-FONTE
SINDICATO NACIONAL DOS EDITORES DE LIVROS, RJ

S628p

Skármeta, Antonio, 1940-
 Um pai de cinema / Antonio Skármeta; tradução de Luís Carlos Cabral. – Rio de Janeiro: Record, 2011.

 Tradução de: Un padre de película
 ISBN 978-85-01-09187-1

 1. Ficção chilena. I. Cabral, Luís Carlos. II. Título.

11-5503.
CDD: 868.99333
CDU: 821.134.2(83)-3

26.08.11   01.09.11
029222

Título original:
Um padre de película
Copyright © ANTONIO SKÁRMETA, 2010.

Texto revisado segundo o novo
Acordo Ortográfico da Língua Portuguesa.

Todos os direitos reservados.
Proibida a reprodução, no todo ou em parte, através de quaisquer meios. Os direitos morais do autor foram assegurados.

Projeto gráfico, editoração eletrônica e capa: Renata Vidal da Cunha

Direitos exclusivos de publicação em língua portuguesa somente para o Brasil adquiridos pela
EDITORA RECORD LTDA.
Rua Argentina, 171 - Rio de Janeiro, RJ - 20921-380 - Tel.: 2585-2000, que se reserva a propriedade literária desta tradução.

Impresso no Brasil

ISBN 978-85-01-09187-1

Seja um leitor preferencial Record.
Cadastre-se e receba informações sobre
nossos lançamentos e nossas promoções.
Atendimento e venda direta ao leitor:
mdireto@record.com.br ou (21) 2585-2002.

EDITORA AFILIADA

Um

Sou o professor da aldeia. Moro perto do moinho. Às vezes o vento cobre meu rosto de farinha.

Tenho pernas compridas, e as noites de insônia esculpiram olheiras sob minhas pestanas.

Componho minha vida com os materiais rústicos da aldeia: o som aflito do trem local, as maçãs do inverno, a umidade que sinto na casca dos limões tocados pelo orvalho da madrugada, a paciente aranha na escuridão do meu quarto, a brisa que balança as cortinas.

Minha mãe lava imensos lençóis durante o dia e à noite ouvimos novelas no rádio bebendo água de melissa até que as ondas se perdem em meio às dezenas de estações argentinas que ocupam o dial noturno.

Dois

Minha aldeia se chama Contulmo, e é menor que a vizinha Traiguén. Antes de ir para a capital a fim de obter o diploma de professor, terminei o secundário em Angol, uma aldeia pouco maior do que Traiguén. Ali sofri uma anemia aguda, que os médicos trataram me receitando Emulsão Scott, de óleo de fígado de bacalhau, e injetando tonificantes em meus braços.

No hospital, uma enfermeira me iniciou no vício dos cigarros baratos, e para financiar essa arte, que me rendeu uma bronquite, tive de arranjar outro trabalho.

Que é extremamente precário e modesto. Uma vez por semana, mando pelo caminhoneiro que vem buscar os lençóis que minha mãe lava para o hotel de Angol alguns poemas traduzidos do francês, que o diretor do jornal publica no suplemento dominical.

Meu pai é francês e voltou a Paris há um ano, quando terminei meus estudos na Escola Normal e voltei a Contulmo.

Eu desci do trem e ele subiu.

Beijou minhas faces com desespero e minha mãe apareceu na plataforma vestida de luto. Minha volta para casa nunca substituiu a ausência de meu pai. Ele cantava "J'attendrais", "Les feuilles mortes" e "C'est si bon".

Além disso, sabia fazer um bom pão crocante, a baguete, diferente dos pãezinhos típicos desta região, os *marraquetas* e *colizas*. Também costumava levar laranjas e limões ao mercado. Ia todos os dias buscar farinha no moinho, e ali começou uma amizade com o dono. Quando papai foi embora, eu não soube reproduzir sua arte de fabricar baguetes, mas mantive a amizade com o moleiro.

Que sabe mais a respeito de meu pai do que eu mesmo.

Sabe mais de meu pai que minha própria mãe.

Três

Quando papai foi embora, minha mãe se extinguiu de repente. Como se uma ventania gelada a tivesse apagado.

Eu também amava loucamente meu velho. E também queria que ele me amasse. Mas ele estava quase sempre ausente. Escrevia cartas à noite em minha Remington portátil, e acumulava-as na escrivaninha para entregá-las a mim quando o caminhão viesse buscar os lençóis. Eram cartas, dizia ele, para os amigos, que chamava de *"mes vieux copains"*.

Às vezes, quando bebemos aguardente, o moleiro solta alguma informação, e eu o ouço com muita atenção. Mas são pistas que não levam a nada. Silencia dizendo. Ou diz *silenciando*. É como se ele tivesse um pacto secreto com meu pai. *Un jurement de sang.*

Quando Pierre resolveu partir, eu estava estudando em Santiago.

Uma semana antes de chegar em Contulmo com meu título de professor primário, ele disse a minha mãe que um barco o esperava em Valparaíso e que o frio do sul chileno rachava-lhe os ossos.

Eu desci do trem e ele subiu no mesmo vagão.

No sul do Chile, os trens soltam fumaça.

Meu pai não deveria ter partido na mesma noite da minha volta. Nem ao menos consegui abrir minha pasta para mostrar-lhe meu diploma. Minha mãe e eu choramos.

Quatro

Os textos que traduzo são simples. Coisas que a gente desta região pode entender. Poemas de René Guy Cadou. Versos de aldeia e não catedrais de palavras. Em Santiago, no entanto, a imprensa publica versos monumentais alusivos à antiguidade grega e romana, cinzelados em mármore, que refletem sobre a eternidade e a beleza. Na capital, são publicados pelo *El Mercurio* com ilustrações de Paris e Roma, e abaixo do texto, entre parênteses, indicam o nome do tradutor.

Aqui, na província, a beleza nunca é eterna.

Às vezes coloco no envelope com minhas traduções algum original meu, pedindo ao editor que considere editá-lo. Sua negativa é muito polida, pois nem os recusa nem os publica.

Cinco

No primeiro mês, a ausência de papai quase matou minha mãe. Ela nunca se recuperou. Simplesmente convalesce. Animou-se um pouco com minha nomeação para a Escola Primária Gabriela Mistral. Aprovou a notícia com um esgar de alegria, pois isso impediria que eu abandonasse a aldeia, como os meninos da tribo mapuche que vão amassar pão nas padarias de Santiago.

Não chegaram cartas de papai. Isso não quer dizer que não as tenha mandado. O que acontece é que os carteiros não aparecem nestes povoados, e pedir ao caminhoneiro que perguntasse na agência de correio de Angol se havia correspondência para ela seria ferir seu orgulho.

Na verdade, aqui chove muito e eu passo o tempo todo resfriado. Em um dia normal, ensino às crianças Castelhano e História e, dependendo da estação, à tarde colho batatas, limões e laranjas.

Às vezes encho algumas cestas com maçãs e trago farinha do moinho. Cristián é um grande bebedor de vinho tinto e sua face está salpicada de manchas roxas. Ele me oferece quase sempre um copo, mas eu não aceito, pois o álcool me deixa triste.

Embora eu quase sempre esteja triste, beber vinho me deixa triste de outra maneira.

É como se uma solidão muito profunda penetrasse em minhas veias.

Desde que meu pai partiu, quero morrer.

Seis

Dedico a maior parte do tempo a fumar e a apontar meus lápis Faber Castell número 2. Com eles corrijo as redações de meus alunos, e quando não gosto de alguma coisa, apago com a borracha que têm na ponta e lhes sugiro alguma frase melhor.

Em todo caso, foi o prefeito quem me emprestou sua Remington, para passar a limpo minhas traduções.

As redações das crianças são bastante otimistas. Muitas começam dizendo que "O dia inicia com o sol, que estende seus dedos bondosos sobre o campo" ou "Com o cacarejar do galo rompe a aurora, e as sombras vestem túnicas amarelas".

Só Augusto Gutiérrez foge do padrão. Ele escreve, por exemplo: "O cacarejar do sol arrebenta os tímpanos do galo."

É um desastre em matemática. Repetiu o último ano e é o único garoto da classe que tem um esboço de bigode, acima dos lábios.

Tem duas irmãs. Aos domingos vou à praça, compro amendoim confeitado e bebo um refrigerante Bilz sentado no banco de pedra, e quando elas passam por mim riem, brincando, e eu fico vermelho. Augusto Gutiérrez usa óculos pesados e tem lábios finos.

Na próxima sexta-feira fará 15 anos e passeia pela praça com um livro de Rubén Darío. Sabe de memória "Margarita, está lindo o mar, e o vento carrega um aroma sutil de flor de laranjeira", no entanto a verdade é que não lhe interessam tanto os versos do poeta nicaraguense quanto estabelecer comigo uma conversa de homem para homem.

Diz que quer saber se eu já estive no bordel de Angol e quanto custa passar a noite com uma das garotas.

Limpo os farelos de amendoim da minha calça azul e digo-lhe que essa é uma conversa imprópria para aluno e professor. Ele diz que, se eu não lhe contar como é a vida, pedirá conselho ao padre no confessionário.

Acrescenta que dentro de uma semana não haverá apenas bolo e velinhas na sua festa de aniversário, mas também música romântica norte-americana para dançar juntinho. Suas irmãs lhe pediram para me convidar. Teresa tem 17 anos e Elena, 19. Eu, 21. Aqui todos são muito decentes.

Não tenho dúvida de que Teresa e Elena são de boa família, mas sempre que vão a Santiago compram vestidos com decotes grandes e calças jeans que comprimem seus quadris e o ar que eu respiro.

Sete

Esta noite me deito sem comer e sou descortês com minha mãe. Estou irritado por nunca ter visitado o bordel de Angol, apenas o hospital. Fico com raiva por não ter nada a dizer a Gutiérrez. Eu também gostaria de saber o preço das garotas.

Ouço no rádio um programa especial com Lucho Gatica y Los Peregrinos. Está na moda a canção "Amor, qué malo eres", e a repetem três vezes. O público a elegeu a música da semana telefonando para a rádio Sureña.

Gosto de uma parte desse bolero que diz que "as torres que foram criadas no céu um dia cairão na humilhação". Identifico-me totalmente. As irmãzinhas Gutiérrez, que me olham com caretas sarcásticas, um dia cairão na lama e eu as olharei com altivez.

Oito

Embora hoje à noite tenha de preparar as aulas da segunda-feira, quando me caberá ensinar em história nada menos que a Guerra Civil Espanhola e o assassinato de García Lorca, livro-me dos pesados lençóis que mamãe lava até limpar-lhe o caráter e que o clima umedece e congela até provocar calafrios.

Vou até o moinho.

Cristián finge que não se surpreende quando me vê e me pergunta se trago cigarros. Ofereço-lhe um e ele me retribui abrindo um tinto. Enche copos de leite que comportam um quarto de litro e me obriga a virar o meu. Quando os esvaziamos, sinto-me como um foguete explorando a noite espacial.

Segundo o moleiro, eu e ele somos heróis. O simples fato de não termos abandonado a aldeia é uma epopeia.

– Eu dou pão às crianças, e você, educação – diz, cuspindo algumas partículas de tabaco no próprio avental. – O mundo não foi feito para os pequenos povoados. Eles se tornam grandes com nossa presença. Um dia seremos condecorados por alguma autoridade governamental. Na praça haverá um coreto com seu nome. Seu pai, um homem cosmopolita, um parisiense, deve tê-lo amado muito para passar cinco anos enfurnado neste lugar. Passávamos muitas horas juntos jogando cartas.

– Cristián, você já esteve no bordel de Angol? – disparo com veemência, bêbado e insensato.

Abastece seu copo, e eu cubro o meu, com ar fúnebre, para que não me sirva.

Levanto-me com um gesto que procura ser altivo e observo o céu estrelado. Minha mente gira mais depressa e mais alta que o cosmo.

– Amanhã é sábado, Jacques. Você não dará aulas e eu não farei pão. O trem para Angol sai ao meio-dia. Mas as coisas acontecem à noite.

– Não importa – respondo, sob pedradas de aerólitos. – Se formos de dia, eu aproveitarei e comprarei um presente de aniversário para Gutiérrez.

– O irmão das irmãs?

– Ele dará uma festa de aniversário na próxima sexta-feira. As irmãs me olham e ficam rindo quando passam por mim na praça.

– A menor quer sair com você.

– Comigo? Por que, Cristián?

– As duas têm uma queda por franceses.

– Ora, eu sou chileno e pobre.

– Mas é jovem, tem uma profissão e não se limita a ordenhar vacas. Algum dia o ministério o mandará para Angol. Ou até mesmo para Santiago.

– Isso que você está dizendo me preocupa.

– Por quê?

– Se formos amanhã às putas e depois me nomearem professor de alguma escola e alguém contar que me viu no bordel, o que acontecerá com minha carreira acadêmica?

– O reitor do liceu também procura as garotas.

– Não me diga!

– Faça você o que quiser, pois sempre haverá alguém para lhe impor limites. Não precisa procurá-los sozinho. O que vai dar de presente a Gutiérrez?

– Um par de luvas de boxe. Eu o vi lutando com a própria sombra na quadra de basquete.

– Só 15 anos e já tem um bigodinho.

– Como o pai. Soube de alguma coisa do meu pai?

– Nada, rapaz.

– Você diz "nada" de um modo esquisito. Ele morreu?

– Não morreu.

– Se você diz que não sabe nada, como sabe que não morreu?

Cristián enche outro copo de vinho e agora sim termina a garrafa.

Eu me deito na terra.

– O que está acontecendo, garoto?

– Estou bêbado.

– Está bem. Não há por que tomar uma bebida de maneira trágica. O que o aflige?

– A irmã de Gutiérrez.

– A menor ou a maior?

– A pequena, Cristián. Tem uns peitos! Fico com vontade de apertá-los e arrebentá-los como se fossem cachos de uvas. À noite seus dentes resplandecem. Imagino que mordo seus lábios e que ela me toca...

– Como?

Não quero responder. Estou verticalmente sozinho no universo. Sou um cão açoitado pela luz da lua. Por que meu pai nos abandonou?

– A menor é uma boa escolha. A maior...

– O que há, Cristián? O que há com a mais velha?

– É muito adulta. Pode lhe trazer problemas.

– Por que problemas?

– Vou pegar outra garrafa.

– Responda primeiro.

– Há coisas estranhas na vida dessa garota. Lembra-se de quando saiu de férias em janeiro e só voltou em agosto?

– O que você quer dizer?

– Nada. Só acho estranho, nada mais.

– Eu também saí da aldeia. Fui estudar em Santiago.

– Está bem. Você ficou dois anos fora. Ela, nove meses.

– E a outra passeou pela praça de braços dados com um bombeiro.

– De repente as duas começaram a usar menos roupa. Era como se não fossem mais daqui. Não percebeu?

– A menor me deixa louco. Se for à festa da sexta-feira e dançar com ela, certamente vou me declarar.

Cristián tira um cigarro da minha caixinha e coloca outro na minha boca. Usamos o mesmo fósforo para acendê-los.

– A visita a Angol vai evitar isso.

– Ando mal de dinheiro. Só tenho para o tabaco.

– Eu banco as garotas. Depois você me paga.

– Está bem, Cristián. Eu compro as passagens de trem.

Fico observando a lua. Tenho vontade de me contorcer na terra.

Nove

No dia seguinte, na estação de trem, vejo que o relógio está parado, marcando 15h10. E são quase 12 horas segundo o meu.

Cristián aparece com uma maleta de couro cor de café, como as que são usadas pelos vendedores de aspirina. Veste um paletó bege e sua barba está tão aparada que ninguém diria que é moleiro. Só os olhos injetados indicam a bebedeira da noite anterior.

Vesti um paletó do meu pai. Ficava um pouco grande, mas os anos parecem tê-lo diminuído. No forro há uma tira de seda que diz "Gath y Chavez, Santiago".

Exatamente porque meu destino é o bordel de Angol, quero fingir que vou à cidade para comparecer a um "compromisso funcional".

Por isso resolvi levar um livro de Raymond Queneau que o diretor do jornal quer publicar em capítulos. A prosa é mais fácil que a poesia, mas você acaba se envolvendo muito com o destino dos personagens. Talvez seja porque aqui não acontece quase nada. Somos figuras secundárias, não protagonistas.

Augusto Gutiérrez surge na plataforma junto com o apito do trem e seus espetáculos de fumaça. No bolso da lapela de seu paletó desponta uma escovinha de dentes e um tubo de pasta Kolynos.

– Estão indo a Angol?

– Sim – respondo, fervendo em um repentino rubor.

– E o que vão fazer?

– O cinema está exibindo um filme sobre Paris. Interessa-me muito, porque estou traduzindo este livro.

Mostro *Zazie dans le métro*.

– Como se chama o filme?

– *Le quai des brumes* – invento.

– Vocês estão mentindo.

– Não, cara.

– Voltarão antes do meu aniversário?

– Com certeza. Vou justamente comprar um presente para você hoje.

O trem para na estação. O chefe olha a hora no relógio de números romanos estacionado nas 15h10 e entrega um sanduíche de queijo ao maquinista. Como de costume, ninguém sobe nem desce.

Mas volta a me doer a imagem: desço do trem voltando para casa e papai sobe e vai embora.

– Tenho medo de que eliminem este ramal da linha do trem – comenta. – Estão cortando custos na Ferrocarriles, e passar por aqui não é muito rentável. Não gostaria de ficar ocioso na minha idade.

– A que horas parte o trem?

– Em alguns minutos. Minha mulher está preparando uma garrafa térmica com café para o maquinista. A gente se ajuda com esses ganhos extras. Também tenho doces chilenos fresquinhos por 100 a unidade. Estão interessados?

– Na volta.

Augusto Gutiérrez me puxa pela manga, obrigando-me a me curvar; bato com a testa na pesada armação de seus óculos.

– Levem-me a Angol com vocês.

– Não podemos, cara.

– Por que não?

– É um segredo.

– Estão indo ao bordel.

– Não, cara. Vou lhe comprar um presente. Não gostaria que você o visse antes de sexta-feira.

– Que não seja um globo terrestre. Já me deu um no ano passado.

– E não gostou?

– O que quer que lhe diga? Todos aqueles países ali e eu afundado nesta lama.

Indica com um gesto a vaca que atravessa os trilhos.

– Em que me diferencio dela?

– Ora, você sabe o que quer e tem consciência de si mesmo. A vaca é vaca todo o tempo. Não tem nem consciência de que é uma vaca. É totalmente vaca. Já a consciência o torna livre.

Gutiérrez tira os óculos e surgem os doces e tristes olhos aguados dos míopes.

– Vou fazer 15 anos, professor. Não quero sofrer a humilhação de não ser um homem feito na próxima sexta-feira.

– Você é um menino, Gutiérrez. Quando fizer 16 conversamos.

– Aos 16 vou estar morto. Você reconhecerá meu túmulo porque vai haver um montículo onde me enterrarem. O mesmo que surge todas as noites em meu lençol.

O moleiro agarra o jovem por uma orelha e o arrasta por alguns metros até a rua.

– Vá para casa, filhinho de uma moleira.

Tentando se livrar das garras de Cristián, grita para mim:

– Me leve às putas, professor!

Subo no vagão para não vê-lo mais. Mas o menino se solta do moleiro e vem até minha janela.

– Posso arranjar você com minha irmã – ofega. – Está louca por você.

– A pequena ou a maior?

– A pequena. Escreveu-lhe uma carta.

– Como sabe?

– Está em sua cômoda. Entre os sutiãs e as calcinhas.

– E o que diz?

– Que você tem um ar distinto.

– E o que mais?

– Que é um homem culto.

– Eu?

– Olha o globo terrestre e diz que gostaria de estar deitada com você na praia de Acapulco.

– E como lhe ocorreu Acapulco?

– Por causa da canção de rádio "Acuérdate de Acapulco, María Bonita". Os boleros cozinham seu cérebro.

– E o que mais diz a carta?

– Coisas.

– Conte-me.

– Se me levar ao bordel...

Acerto um cascudo na sua testa.

– Não posso, Gutiérrez. Sou seu professor, não seu serviçal.

O trem parte e, antes de subir a escadinha, o moleiro lhe desfere uma bofetada, que o garoto consegue evitar com um movimento felino.

Um par de luvas de boxe é uma boa ideia; suspiro.

Quando o trem está quase deixando Contulmo, vejo que na plataforma meu aluno transforma as mãos em um megafone.

– Me leve em uma, Jacques – grita.

Quer dizer que quando estiver montado na garota, que dedique uma a ele.

Dez

Na colônia de pescadores de Angol almoçamos merluza frita com salada chilena. Eu separo as cebolas do tomate, por delicadeza.

Cristián toma meio litro de vinho branco e depois quer fazer a sesta dentro do bote que o pescador lhe oferece. Cobre-se com sacos e uma rede, e me pede que o acorde antes que escureça.

Na hora em que as garotas começam a trabalhar.

Convém chegar cedo, pois nos fins de semana há movimento intenso.

Vou à aldeia e fico olhando as vitrines. Há peças de artesanato, como cachecóis, bonés e meias de lã grossa. Um jogo de xadrez em que as figuras são samurais japoneses armados com sabres. Uma bola de futebol profissional autografada por Leonel Sánchez. Um papagaio mexicano feito de lâminas prateadas. Um relógio bávaro com dois meninos dançando em calça de couro. Uma fotografia de Marlon Brando em *O selvagem*, montado em uma motocicleta e com um cigarro apagado na boca. Um baralho com fotos de mulheres tiradas de capas da *Playboy*.

E também há uma esplêndida luva de boxe de couro vermelho.

Quase todos esses objetos estão além dos meus recursos, exceto por uma espécie de caderno forrado de veludo azul que diz, em letras douradas: "Diário da vida". Peço ao lojista que o embrulhe para presente; com o resto do dinheiro, compro dois maços de cigarros Richmond e vou fumar em uma sombra na esquina, encostado em um hidrante.

Abro o livro de Raymond Queneau e sublinho com lápis vermelho as palavras que precisarei procurar no dicionário Larousse *Francês-Espanhol*.

Ao cabo de uma hora noto que a aldeia avança tão lentamente como o relógio, e penso em algumas frases que poderia dizer às garotas. Não me ocorre nada especialmente engraçado e imagino que até o próprio Gutiérrez lidaria com a situação com mais desenvoltura do que eu. Já estive com garotas antes, mas não na cama. Colegas de escola, meninas do bairro.

Não há nada menos interessante do que ser professor de província. Caminho alguns passos até o cinema. Há uma sessão dupla a partir das 7 da noite com *Rio bravo,* estrelado por John Wayne, Dean Martin e Ricky Nelson. Para a próxima semana anunciam *Selvagem é o vento,* com Anna Magnani. Em uma foto, John Wayne está com uma estrela de xerife na lapela e observa as costas nuas de Angie Dickinson, que veste uma anágua curta de renda preta; a linha das meias vai até o alto de suas nádegas.

"*Rio bravo* é um filme que mostra o processo de se tornar homem", diz a propaganda. Talvez por isso eu permaneça tanto tempo olhando essa foto e uma outra em que Ricky Nelson está agachado e de seu revólver sai uma quantidade brutal de fumaça.

Uns poucos transeuntes se detêm brevemente diante dos cartazes e seguem em frente, menos um homem com um gorro de lã que transporta em um carrinho um bebê; ele começa a olhar sem interesse as fotos, depois de acender um cigarro. A princípio não vejo seu rosto, mas como fica muito tempo ali fumando, acabo reconhecendo-o no exato momento em que joga fora a guimba, se vira e a esmaga com o sapato.

Desesperadamente, agarro o carrinho da criatura e quase perco o equilíbrio.

– Pai? – digo.

O homem, confuso, olha para dentro do carrinho e só então levanta os olhos na minha direção. Ali estão suas sobrancelhas espessas, o nariz levemente encurvado, os eternos olhos ocultos atrás de alguma coisa úmida e, sobretudo, a cicatriz no rosto adquirida em uma briga de bar.

– *Jacques? C'est toi vraiment?*

– Sou eu mesmo, papai.

Olha para todos os lados, como um ladrão acossado. Parece querer se certificar de que não está sonhando.

– O que faz aqui, meu pequeno?

– Vim comprar um presente para um aluno.

Sinto uma vontade imensa de abraçá-lo e farejar sua pele, que cheira a poltrona de couro.

– Sua mãe está com você?

– Não, pai.

Finge que limpa a testa, mas na verdade tenta, com um tapa, afastar as lágrimas que brotam involuntariamente de seus olhos. Depois me puxa para si e me aperta com muita força. Não sei por que quero que esse abraço não acabe nunca.

Quando nos soltamos, pegamos cigarros ao mesmo tempo, mas meu pai é mais rápido com o isqueiro e acende os dois. Afasta um cisco do rosto e volta a olhar a foto de John Wayne.

– *Rio bravo*. Há dois meses passamos este filme nas matinês dos fins de semana.

– Como assim "passamos", papai?

– Trabalho aqui. As pessoas gostam muito deste filme. Bebe-se muito aqui na aldeia, e ver um bêbado como Dean Martin redimido e com boa pontaria diverte as pessoas.

– Quantas vezes já viu?

– Doze, quinze. Depende do bebê.

Aponta para a criancinha no carrinho. Olho para o bebê, e papai pega um chapeuzinho de lona que usa para protegê-lo de um sol que não existe. Parece-me brutalmente familiar.

– Me lembra um rosto conhecido, Pierre.

Passa um bom tempo engolindo em seco, como se incomodado por meu silêncio. Parece extremamente jovem. É meu pai, mas também poderia ser um amigo. Como o moleiro.

– É seu irmão.

– Este bebê?

– Emilio.

– Como Zola.

– *Voilà. Comme Émile Zola.*

– Mas..., irmão *irmão* não é.

– Ouça, Jacques, eu me enfiei no lugar mais obscuro de Angol. No ninho de ratos de uma caverna. Perdi a vida largado no meio das sombras. Jamais sonhei que alguém fosse me encontrar. Nunca pensei que toparia com meu filho nesta execrável parte da terra e do inferno.

– E o que faz aqui, papai?

– Me perco.

Volta a acomodar o gorrinho na cabeça do bebê e coça a face que tem a cicatriz – que volta a se manifestar, atacada por uma espécie de alergia.

– Quem é a mãe? – pergunto com naturalidade, mas prestes a desmaiar, ou a cair no choro, ou a morrer.

Não sei comentar esses detalhes.

Pierre suspira fundo e com a ponta do cigarro, que não parou de tragar, acende outro. Esquece de me oferecer um. Esquece também de que falo com ele. Olha para o céu de Angol e não encontra nada de novo. As nuvens robustas e incertas. Pode ser que o pé-d'água caia agora mesmo ou dentro de uma hora.

– Paizinho?

– Não me chame assim.

– Está bem, Pierre.

– Você usou uma palavra infinitamente traiçoeira.

– Eu sempre o chamei de "paizinho" até você nos trair.

– Eu? Eu, traidor?

Em um impulso insensato, levanta o bebê do carrinho e o aperta com muita força nos braços e encosta a face não barbeada nos lábios da criança. Enfia o cigarro na minha boca e fica olhando a foto de Dean Martin. Trago profundamente e solto a fumaça longe do bebê.

– Então você nunca voltou para a França, Pierre?

– *Jamais.*

– Ficou todo o tempo em Angol?

– Sim. Em Angol, *le petit Paris.*

– Por que não foi embora?

– Para ficar perto de você. E de sua mãe.

– Você nunca escreveu.

– Me declarei oficialmente morto.

– O moleiro sabia de você. Ontem à noite mesmo me disse que estava vivo.

– Devia estar bêbado.

– Ele e eu estávamos bêbados.

O relógio da praça marca 6 horas. Meu pai olha os ponteiros do seu e é assaltado por uma espécie de paz.

– Amo o menino.

– Tanto como a mim.

– Tanto como a você, Jacques.

– Então um dia vai traí-lo.

– Não foi traição.

– Então foi o quê, paizinho?

Abre os braços em um gesto pequeno, quase como se protegesse a si mesmo.

– Incerteza.

– Em um homem da sua idade!

– Precisamente. Não estou lhe dando nenhuma explicação. Jamais pensei que um dia encontraria você ou alguém a quem tivesse de dar explicações.

– O moleiro.

– Cristián é um espelho. Fico diante dele e ele é eu. Você fica diante dele, e ele é você. Nunca apresenta resistência. Você é duro, Jacques.

– A mim não importa mais, pai. Estou falando do meu irmão.

Agita-o nos braços e coloca seus lábios em sua orelha esquerda, aquecendo-a.

– Eu o protejo muito. É porque fica muito tempo na cabine de projeção, e a umidade lá é terrível. Se você o ouvisse respirar, veria que tem bronquite.

– Na cabine de projeção?

– Trabalho neste cinema.

Passo-lhe a sobra do cigarro e aperto as pálpebras para aliviar uma conjuntivite que devora meus olhos.

– Exibe os filmes?

– É um lugar escuro e solitário. Ninguém poderia me encontrar ali. Jamais pensei que meu próprio filho apareceria um dia para me espiar.

Segura o nariz e o aperta até ficar vermelho.

– Embora eu tenha ido uma vez a Contulmo para espiá-lo.

– Quando?

– Não me lembro. Às vezes sonho que vou a Contulmo e fico espiando você e sua mãe. Não sei quando fui nem quando sonhei.

Coloca Emilio de volta no carrinho e tira do bolso do paletó de marinheiro dois cartões.

– Aqui você tem duas entradas grátis e permanentes. Pode usá-las para ir ver a sessão de hoje. Estamos passando *Rio bravo*; no próximo sábado teremos um filme com Anthony Quinn.

Pego as entradas e as guardo no paletó.

– Está bem, papai.

– Virá com alguma amiga?

– Com certeza, Pierre.

– Ficarei atento, para o caso de você aparecer.

Morde o pulso, mas ainda assim consigo ouvir um gemido.

– E a mamãe?

– Está bem.

– Bem *bem*?

– Razoavelmente bem. Como eu, papai. Mais ou menos bem. Estamos todos mais ou menos razoavelmente bem.

– Você gosta de ensinar?

– Literatura e história, sim. As outras matérias me entediam.

Havia esquecido que costumava esfregar uma mão na outra e depois estalar desesperadamente os ossos.

– Este encontro, Jacques...

– ... É segredo nosso.

– Você é um menino inteligente. Peço isso por você, por mim, por sua mãe.

– Pela mãe de Emilio.

Pierre levanta os olhos aos céus, como se quisesse saber de que nuvem caiu a primeira gota da tempestade que está por chegar. Com ferocidade maternal, levanta a capota do carrinho. Pela primeira vez ouço uma espécie de breve ronco do bebê.

– *Et le français, ça va?*

– Ça va, papai. *Maintenant, je fais une traduction de Zazie dans le métro.*

– *Connais pas.*

– Raymond Queneau.

– *Jamais écouté. Bien, tu sais alors où tu peux me trouver.*

– *Bien sûr.*

– *Si tu as le temps, viens voir* Rio bravo. *Amène une amie.*

– *Au revoir,* papai.

– *Au revoir, mon fils.*

Doze

Logo que surgem as primeiras penumbras eu e Cristián entramos no bordel. A maioria das garotas bebe chá ou ouve no rádio um concurso de apostas valendo prêmios em dinheiro. Tratava-se de adivinhar o preço exato de alguns produtos. Uma delas vem a mim e me estampa dois beijos nas faces. Pergunta meu nome e minha profissão. Digo "Jacques" e "professor". Perturbado, pergunto o que ela faz.

– Sou puta – ela me diz com um sorriso.

Subimos para seus aposentos. Ela é do tipo indígena, como a maioria das garotas desta região. Dizem que há em Frutillar um bordel com meninas de famílias alemãs. Exibe uma franjinha tipicamente aborígene, as maçãs do rosto salientes e um sorriso despreocupado. É jovem e forte. Talvez daqui a alguns anos fique gorda, mas não agora. Em seu quarto há um fogareiro que usa para ferver água numa chaleira e duas xícaras com envelopinhos de chá Lipton. A manta da região de Chiloé que cobre a cama é robusta como a pele de um animal.

– Um chazinho?

– Claro. Obrigado.

Enquanto mergulha a infusão na água fervida, observa meus sapatos e depois a gravata.

– Pode ir tirando suas coisinhas.

Ela mesma vem, desata o nó e, quando surge o pescoço, me beija, deixando uma marca de umidade. Sem me agachar, empurro com os pés os sapatos para baixo da cama. Sempre faço assim, porque são os mocassins de papai. Ele os deu a mim quando fui para a escola normal e ficam um pouco grandes em mim.

– Está frio – digo.

– Não, filhinho. São seus nervos.

– Nervoso, eu?

– Beba.

Bebo da xícara e quase adivinho que vou queimar a língua. Ela, por sua vez, assopra o líquido que está na colherzinha antes de bebê-lo.

– E o que você ensina, professor?

– De tudo um pouco. Mas prefiro literatura e história.

– Geografia não?

– Geografia também.

– Eu sou louca por geografia – afirma, soprando o chá e sorvendo-o ruidosamente. – Sei os países e as capitais. Digo os nomes e imagino como serão.

– Bolívia?

– Essa é mole. La Paz.

– Espanha?

– Fácil. Madri.

– Tchecoslováquia.

A garota morde longamente uma unha. Olha para o teto e para o tapete. Depois vai até a janela, aperta a testa contra o vidro e fica olhando por um tempo a rua.

– Não sei.

Despe com um gesto profissional o roupão e vem nua me tocar. Agora está mortalmente séria. Com um puxão me leva para o leito e, cobrindo-me com a colcha, me despe. Monta em mim e com três ou quatro movimentos de suas cadeiras eu termino.

– De qualquer maneira vai ter que pagar a hora, sabe?

– Não tem problema.

– Foi bom?

– Claro.

Levanta a colcha e a coloca na cabeça, como se fosse uma túnica. De repente abre um imenso sorriso.

– Faça outra pergunta.

– Fácil ou difícil?

– Fácil.

– França.

– Paris.

– *Très bien* – digo, sentindo que agora parte do meu sêmen volta do seu ventre e se derrama em minha barriga.

– Você fala francês?

– Bastante bem. Meu pai é de Paris.

– E o vê de vez em quando?

– Não, neste exato momento está na França.

Pego-a pelos ombros, aproximo-a do meu rosto e lhe dou um beijo na boca. Pela primeira vez me sinto travando um diálogo. Até o momento não havia feito mais do que obedecer a suas ordens.

– Diga algo em francês.

– Fácil ou difícil?

– Difícil e demorado. De qualquer jeito você tem que pagar a hora cheia.

– Está bem. Um fragmento de poesia?

– Vamos lá.

Fico calado por uns instantes para ter os versos completos na memória antes de derramá-las na língua. No teto do quarto há uma mancha em formato de peixe.

– *"Ah, pauvre père! Aurais-tu jamais deviné quel amour tu as mis en moi.*

Et combien j'aime à travers toi toutes les choses de la terre.

Quel étonnement serait le tien si tu pouvais me voir maintenant.

À genoux dans le lit boueux de la journée reclant le sol de mes deux mains comme lês chercheus de beauté!"

A garota sai de cima de mim e vai até o lavatório. Com uma toalha úmida limpa o ventre e as coxas.

– Não entendi nada – diz. – Quando vou ao cinema também não entendo. É que não consigo ler as legendas. Passam muito depressa.

– É um poema dedicado à figura do pai.

– Foi você quem escreveu?

– Não, mas traduzi. Está no suplemento do *Diario de Angol*.

– O que diz?

– "Ah, pobre pai meu, terás adivinhado alguma vez o amor que incutiu em mim e como amo através de ti todas as coisas da terra?" Foi escrito por René Guy Cadou.

– Você gostaria de ter escrito esse poema?

– Eu não seria capaz de escrever um poema desses. Sou um simples professor provinciano.

– São 5 mil pesos a hora.

Visto a calça e coloco sobre sua penteadeira as notas úmidas que o moleiro me emprestou. Ela alisa sua franjinha sobre a testa com a ajuda de um pouco d'água.

– Agora vou voltar para Contulmo. O trem sai em uma hora.

– Se você voltar aqui, eu o atenderei. Meu nome é Rayén, mas me chamam de *Luna*.

– Por quê?

– Porque vivo no mundo da lua, porque estou sempre olhando para a lua, porque tenho rosto de lua. Não sei por quê. Simplesmente todos me chamam de *Luna*. Como chamam você?

– De nada.

– Nada?

– Nada.

– Você dá boas notas?

– Nunca reprovei ninguém.

– Que nota você me daria em geografia?

Sorri, e sua boca larga dá a impressão de que seus dentes pularam para a frente.

– Rússia – pergunto.

– Moscou – diz, ampliando ainda mais o sorriso. – Que nota?

– Sete.

– É sério que você me daria 7 em geografia?

– Sem a menor dúvida. A nota máxima.

– Vou contar para as meninas.

– Está bem.

Estende-me a mão de um jeito muito formal. Eu a aperto e saio lentamente do bordel.

Treze

Ao lado da porta ainda há uma estaca para os *huasos* amarrarem seus cavalos. Ali encontro o moleiro bocejando.

– Como foi?

– Bom.

– Legal. E a garota?

– Legal.

– Do que falaram?

– Bobagens. Da gente. E você?

– Não tivemos assunto. Quer dizer, era uma garota pouco comunicativa.

Pegamos o caminho de terra que leva à estação de trem. Uma fatia de lua surge no meio das nuvens negras, mas não chove. Faz frio.

– Então não falaram nada de nada.

– Duas ou três palavras. Imagine que me pediu uma receita de pão.

– Grande assunto, Cristián. Como se faz baguete?

– Do mesmo jeito que seu pai fazia.

– E como meu pai fazia?

– Você está me gozando. Quer que eu lhe dê agora uma receita de baguete?

– Não há nada que eu queira mais no mundo neste instante do que saber como se faz pão.

– Dois quilos de farinha, uma xícara e meia de água morna, 100 gramas de fermento, duas colheres e meia de manteiga, três xícaras de água, uma colher de sal. Certo?

Durante um tempo acompanho o vai e vem da lua entre as fendas do céu, até que tropeço em uma pedra. Minha bolsa cai e bato-a contra a coxa para tirar a terra.

– Se uma pessoa subir nas pás do seu moinho e pular lá de cima você acha que morre?

– Se alguém fizesse essa loucura, provavelmente quebraria o pescoço.

Quatorze

O maquinista está na locomotiva combatendo o frio com um braseiro aos seus pés. Um poncho araucano cobre seu corpo. Oferece-nos a garrafa térmica e bebemos café na tampa. Diz que temos de esperar até as 5 para que parta. Chegaremos em Contulmo às 7.

Tem o programa do dia. Às 8 horas, café da manhã; às 9, missa; às 10, o Gallo Peleco e o Contulmo jogam uma partida de futebol no terreno baldio dos Vieira; à 1 da tarde, almoço; às 2, a radionovela do fim de semana; às 3, sesta; às 4 tem de conduzir a locomotiva de volta a Angol.

Teme que a empresa Ferrocarriles de Chile deixe de atender este vilarejo por conta do movimento fraco. E lhe faltam uns três anos para se aposentar. Salvo uma vez que atropelou uma vaquinha nos trilhos, não há acidentes de maior gravidade em seus anos de serviços. Naquela ocasião o dono do infeliz animal foi avisado e o cedeu voluntariamente para um churrasco promovido em Purén no dia seguinte.

Quando, finalmente, o trem parte, há oito pessoas em nosso vagão. Estou tremendo dos cabelos aos tornozelos. A lua cruza livre e rapidamente os céus. É a ilusão que a pessoa tem quando viaja depressa.

Todos os meus dentes rangem. Dos meus joelhos cai *Zazie dans le métro*. Cristián coloca a mão na minha testa e mal consigo ouvi-lo quando diz:

– Você está ardendo em febre.

Quinze

No domingo bebo litros e litros de limonada quente, tomo aspirinas de quatro em quatro horas e mamãe troca três vezes os lençóis, que empapo de suor. Alguns meninos da escola passam embaixo da minha janela e gritam que o Contulmo ganhou de um a zero. Estamos na liderança da liga de Malleco. Quero ler um pouco do romance porque suspeito que vou precisar de dinheiro daqui a pouco e minha única saída é terminar a tradução. Faltamme palavras e minha vista se dilui no dicionário Larousse.

A febre me revela algo que talvez depois esqueça. Escrevo-o em uma folha de caderno de caligrafia que encontro ao lado do "Diário da vida" para Augusto Gutiérrez: "Não é que as palavras vagueiem incertas algo; o próprio mundo é incerto, as palavras são exatas."

Qual será a primeira coisa que Gutiérrez escreverá em seu diário? Abro a janelinha do meu quarto e vejo que as pás do moinho estão quietas. Cristián dorme. A receita de pão. Baguete francesa.

Dezesseis

A segunda-feira passa rápido. Segundo minha mãe, gemi como uma parturiente, sentando de repente na cama com olhos alucinados. Ela me deu aspirinas e limonada. À noite, canja de galinha.

Tem dois recados do dia. Um de Cristián em um envelope amarelado. Dentro, uma nota e um cartão-postal.

A mensagem diz:

A respeito de seu pai, hoje recebi dele este cartão de Paris. Também fiquei olhando para o chão de lá de cima e posso agora responder com certeza: se alguém se atirar das pás, vai se estatelar. Não vale a pena fazê-lo, sobretudo se Deus proveio outros caminhos mais úteis. O melhor de todos, o de chegar a bisavô com família numerosa à beira da cama, padre e extrema-unção. Quem diz isso é um solitário.

O cartão é a reprodução de um quadro com bailarinas fazendo exercício em uma barra. Atrás está o nome do pintor: Degas. O resto, vazio, silêncio.

O segundo bilhete é de Gutiérrez:

Querido professor:
A carta de Teresa está em meu poder. Parece que tirou de um livro as coisas que lhe diz. Acha você muito distinto e com um olhar alucinante. Diz que, quando você a olha, "arde Troia". Não sei o que é isto, mas acho que Tere vai ficar feliz se você

aparecer na festa da sexta-feira. O sistema de correios do Chile é magnífico. Recebi de presente de aniversário um vale telegráfico de meu tio Mateo de Antofagasta. São 20 mil pesos. Sábado que vem, chova ou faça sol, vou a Angol. Estou convidando-o, professor.

Na terça-feira, às 6 da manhã, a febre se evaporou. Estou lúcido e distingo cada um dos pássaros e galos que trinam ou piam na horta. Ocupo o dia de licença com *Zazie dans le métro*. Passo a mão na barba crescida e resolvo não me olhar no espelho nem me barbear. Amanhã aparecerei na escola com o aspecto de um foragido. Os garotos se sentirão inquietos e não atirarão pedaços de giz na lousa quando eu lhes der as costas. À noite, mamãe traz outro prato de canja de galinha, desta vez acompanhado de dois pãezinhos.

– A bebedeira de Cristián passou – diz.

Quando faz menção de sair, detenho-a apertando seu pulso e forçando-a a se sentar na beira da cama. Olha para mim com susto e curiosidade e em seguida apalpa os lençóis para ver se estão secos e engomados. Pratica em casa as exigências da hotelaria.

– O que sabe de meu pai que eu não saiba, mamãe?

– Está na França.

– Por que foi embora?

– Todos os homens são um pouco marinheiros. Têm curiosidade por outros lugares. Depois, é a pátria dele, não é mesmo?

– E eu? E você?

Acaricia o queixo e por um momento toda a sua expressão parece um passo de balé. É uma mulher leve e ausente, bela e talhada na melancolia.

– Estamos aqui, não?

Tomo a sopa com uma das mãos e com a outra agarro com firmeza seu pulso, para que não vá embora. Depois começo a morder o pão do moleiro com uma vontade feroz. Sinto uma fome de cão. Os pelos que irromperam em meu queixo me dão uma audácia imprevista.

– Onde está Pierre, mamãe?

– Em Paris.

– E por quê?

– É de lá. É natural.

– E quando foi embora... não a amava mais?

– Por que haveria de não me amar? Claro que me amava. E a você também. Mas Paris...

– Gosta de cinema, mãezinha?

– Em Santiago ia muito ao teatro. Dizem que em poucos anos a televisão vai chegar ao Chile. Tomara que até lá tenhamos dinheiro para comprar um aparelho.

Olho-a como nunca antes. Sem tocá-la, vou tirando os anos e a rotina de cima dela. Vejo-a bela, vulnerável. Jovem de uma maneira como são jovens as mulheres mais velhas.

Demolidoramente atraentes.

– Antes de você nascer, seu pai me comparava com atrizes. Um ano me chamava de Mylène Demongeot, no outro de Pier Angeli. Depois fiquei velha e parou de me atribuir nomes.

– Você é mais bonita do que essas atrizes.

– Vai dar aula amanhã?

– É claro, mãe. A febre já passou.

– Mas ela quase acabou contigo, Jacques. Nunca mais permitirei que você vá a Angol com Cristián.

– É que não levei o casaco.

– Estava achando que era um herói de filme.

– Sim, mãezinha. Nunca mais.

Ainda não solto seu pulso. As palavras exatas estão ali, mas lamentavelmente não me servem.

– O que você vai ensinar aos meninos amanhã?

– Um pouco de história. E alguma coisa de geografia.

– O quê?

– Vou falar do túnel do caminho para Lonquimay.

– "As Raízes"?

– Tenho certeza de que o cruzaram várias vezes e não sabem que mede 4.537 metros e que para construí-lo foi necessário extrair 804 mil metros cúbicos de rocha e que foram usados 175 mil quilos de dinamite e para o revestimento de concreto 240 mil sacos de cimento.

Mamãe arregala os olhos sem piscar e dissimula o orgulho que sente por meus conhecimentos cantando baixinho. Reconheço a canção de Yves Montand "Je ferais le tour du monde".

– A que horas devo lhe servir o café da manhã?

– Às 7.

– Na cama ou na mesa?

– Na mesa.

Dezessete

Durante a semana os meninos se comportam como crianças de histórias de livros. Trazem-me maçãs, e antes de comê-las esfrego-as na lapela do meu paletó até que fiquem brilhando. Para evitar que Gutiérrez me pergunte por Angol no primeiro dia, resolvo fazer longos ditados para manter os alunos em seus assentos. Recito palavras difíceis. Por exemplo, "disciplina", "acesso" e "maçada".

Dezoito

Ao meio-dia de quarta-feira vejo, pela janela do ateliê da costureira, Elena Gutiérrez, a irmã mais velha de Augusto Gutiérrez, experimentando uma blusa que precisa ser ajustada. Diz que por sorte recuperou suas formas. Que no sul se come muito queijo e o leite é muito gorduroso. Agora só janta franguinho sem pele, verduras e muito chá de salsa.

Olhando-se de perto no espelho, diz que suas faces estão "horrorosamente saudáveis". Gostaria de ter maçãs do rosto mais marcadas e ser pálida como Greta

Garbo em *O beijo*. Quer que a blusa lhe marque bem a cintura, e que seja do gosto do homem que a tire para dançar, e lhe encantaria que, ao apertá-la, a blusa se levantasse um pouco e ele pudesse sentir sua pele.

Retiro-me para a praça antes que me descubra e aceito que um de meus alunos, que trabalha como engraxate, passe um paninho nos sapatos de papai. O *Diario de Angol* publica um aviso de que a partir do próximo mês publicarão em capítulos ao longo de todo o inverno o grande romance de Raymond Queneau, *Zazie dans le métro*.

Não se menciona que ainda não terminei o livro e que nem me pagaram o adiantamento prometido. Tampouco se diz que eu sou o tradutor.

Gostaria de ver alguma vez meu nome em letras impressas. Um pouco de fama me daria prestígio diante de Teresa. Segundo Gutiérrez, tenho de tirá-la para dançar, grudar-me nela como uma ostra e lançar meu hálito em sua orelha. Não preciso falar nada. A menina é como a vitrola do "Danúbio Azul". Sabe todas as músicas que tocam no rádio.

– Você a aperta e ela canta. E de repente, professor, eu apago a luz, e você tem que lhe dar um beijo de língua.

Pergunto por que quer tanto me ajudar a conquistar sua irmã e diz que favor com favor se paga. Precisa de uma pessoa adulta para que o deixem entrar no bordel de Angol e que não há no mundo nenhum outro que possa cumprir essa missão. Eu sou, diz limpando as lentes com a camisa, seu mestre e amigo. Aquele que lhe ensinou tudo na vida, desde a vitória das tropas chilenas em Yungay, quando nosso herói Manuel Bulnes liquidou as pretensões do marechal boliviano Santa Cruz de unir Peru e Bolívia, até como se traga um cigarro sem tossir.

– A noite de sexta-feira será sua, professor Jacques, e a noite de sábado, de seu discípulo e servidor Augusto Gutiérrez.

Pede-me que apalpe o volume que tem em um bolso da calça.

– São os 20 mil que Mateo me enviou; ando com eles para não os perder. O trem para Angol sai às 4.

"Às 4 de sábado", repete, antecipando os momentos de glória.

Dezenove

No dia da festa, como se alguém tivesse decretado, quase todos os homens usam brilhantina. O tempo está nublado e a aldeia, subitamente morna. O veranico de São João, como é chamado.

Gutiérrez espera ao lado de uma vitrola de 45 r.p.m. e quando lhe entrego o presente avisto as capas dos discos que irão caindo pela haste automática. *Sinceridad*, de Lucho Gatica, *Just Walkin' in the Rain*, de Johnny Ray, *Diana*, de Paul Anka, *Heartbreak Hotel*, de Elvis Presley, *Blue Tango*, de Leroy Anderson com a orquestra de Hugo Winterhalter.

Bate com cumplicidade no meu ombro e enquanto abre o pacote avisto Elena Gutiérrez com sua nova blusa esticada não permitindo que o dono da serralheria acenda o cigarro que tem entre os lábios. Quando o homem insiste, apaga seu fósforo com um sopro e passa saliva no cigarrinho ao mesmo tempo que me dirige um olhar cheio de intenções.

Mas então Teresa Gutiérrez se aproxima e fica me olhando, e ambas se viram rindo.

Augusto não disfarça a decepção causada pelo meu presente.

— Um caderno com um cadeado — gagueja sem entusiasmo.

— Você pode escrever todas as suas coisas íntimas.

— Que coisas?

— As coisas que acontecem com você.

— Não acontece nada comigo, professor.

– Mas poderá começar a acontecer algo daqui a pouco, e seria uma pena que ficasse sem registro.

– Por exemplo?

– A viagem a Angol. Gostaria de saber em detalhes tudo o que vai fazer.

Oferece-me a palma da mão com os dedos esticados para que a golpeie com cumplicidade. Elena Gutiérrez aparece trazendo um copo cheio e, sem sorrir, coloca-o na minha mão direita e fica ao meu lado com uma atitude altiva. Toca "Jezebel" na voz de Frankie Laine.

– Cuba-libre – diz ela. – Com rum da Jamaica.

– É melhor que o Mitjans.

– Quer dançar?

Vejo sua irmã Teresa absorta em mim sorvendo uma Coca-Cola com um canudinho.

– Na verdade estava pensando em dançar as músicas lentas com Teresa.

– "Jezebel" não é tão lenta assim. Metade foxtrote e metade tango. Vamos dançar.

Coloco o copo ao lado da vitrola e a pego por sua cintura perfeita. Reage aos meus dedos e aos meus passos com uma docilidade impecável. Teresa colocou o canudinho entre os dentes superiores e, enquanto nos observa dançar, tamborila com os dedos na garrafa vazia.

Gutiérrez apaga a luz do lustre que pende do teto e deixa acesos os fracos focos dos cantos da sala. Somos umas 12 pessoas, e, exceto por Gutiérrez, todas dançam.

Vejo de soslaio o garoto se encaminhar ao bufê e encaixar no creme que cobre o bolo uma velinha ao lado das 15 colocadas por seu pai.

Elena levanta a mão que está à altura dos ombros e a leva ao coração.

– Faz tempo que o observo, Jacques – me diz.

– Para rir de mim.

– Rio para me esconder.

– O que quer dizer?

– Você e eu temos algo em comum. Um segredo.

– Não sei qual.

– Se lhe disser um nome, promete ficar calado?

Percebo que sua mão transpira violentamente contra minha pele. Quero afastá-la para me enxugar na lapela, mas não me permite. Ao contrário, aperta-me com urgência.

– Pode confiar em mim.

– Está bem.

Levanta o olhar solene e, embora pronuncie o nome em tom de segredo, não consegue evitar que seu queixo exiba soberba.

– Emilio.

Demora três exatos segundos para me desferir a punhalada.

– Emilio – repete. – Como Emilio Zola.

A agulha acaba de cair sobre "Laughing on the Outside", executada por The Four Aces. Minhas unhas afundam em sua cintura.

Vejo que o gelo já derreteu no meu copo e não me animo a pegá-lo. Minha garganta está cheia de saliva mas não engulo. Observo os pés dos casais. Elas usam salto alto e eles encharcaram seus sapatos de graxa. O pai dos irmãos Gutiérrez está no umbral e estica os suspensórios levando-os até a frente do paletó.

Afasto-me de Elena, abro a porta e vou até o pátio dos fundos. O cachorro da casa late para mim, mas o ignoro. Ela também saiu, atrás de mim.

– Você e eu estávamos nos devendo esta conversa, Jacques. Lamento tê-lo ferido.

– Tudo bem.

– Esta aldeia é muito pequena, e o segredo que guardamos por dois anos é enorme. Não convém a ninguém que seja revelado. Foi por isso que fiquei um ano longe daqui.

– E quem mais sabe?

– O moleiro.

– Por que me deixou ir a Angol? Não se deu conta de que poderia encontrar meu pai?

– Você sabe que é um bêbado. Mas também um homem sábio.

– Em que sentido?

– Levou-o ao bordel para que você esquecesse minha irmã.

– O que uma coisa tem a ver com a outra?

A garota vai até a torneira, deixa a água correr e coloca a testa sob a corrente. Depois passa as mãos molhadas no pescoço. Está escuro, e a única luz vem da casinha do cachorro.

– Nesta aldeia há dois barris de dinamite, Jacques. Se alguém acender um fósforo por acaso, tudo voa pelos ares.

– E?

– Não quero que aconteça com minha irmã o que aconteceu comigo por causa de seu pai.

– Por que não ficou com Emilio?

– Estamos no aniversário de Augusto. Não é o melhor momento para discutir estas coisas.

– Eu não comecei.

– Claro que começou, com sua estúpida viagem a Angol! Eu quero ser protagonista da minha própria vida. Não a escrava de um filho.

– Então não gosta dele.

– Seu pai amava você e, no entanto, o deixou. Você é professor, Jacques! Deveria saber como as coisas da vida são complexas.

– São mais simples do que você imagina. Meu pai me amava e me deixou. Meu pai ama Emilio e não o deixa. Sou um cão vira-lata, Elena.

– Só falta latir. – Sorri.

Pega a correntinha que repousa entre seus seios, puxa-a e coloca uma pequena cruz de ouro entre os dentes.

– Você o vê de vez em quando?

– Não.

– Estou falando do meu pai.

– Também não. Aqui não acontecia nada, Jacques. E de repente foi surgindo algo entre a gente. Era lindo ter um segredo na aldeia. Você não sabia, meu pai não sabia, sua mãe não sabia. Mas a realidade destruiu tudo. Eu era a protagonista de um grande filme e seu pai era um grande amante. Um filme de nós dois. Éramos os atores e ao mesmo tempo os espectadores.

– Seu grande amante desse filme agora opera o projetor do cinema de Angol. Fica enfurnado na cabine de projeção durante as matinês e as sessões noturnas. Desse jeito não vai ganhar um Oscar.

– Não ache que não tenho sentimentos. Às vezes penso com tristeza em Emilio.

– E tomara que às vezes meu pai pense com tristeza em mim. – Engulo em seco.

As luzes são apagadas.

– Vão acender as velas e cantar o "Happy Birthday".

– Augusto colocou 16 velinhas no bolo. É melhor ir ajudá-lo a soprar.

A garota tira a pequena cruz da boca e coloca-a em meus lábios.

– Jure silêncio.

Vinte

Na sala, Augusto Gutiérrez abriu o presente que ganhou do pai e passa dançando "Blue Tango" em companhia de uma parceira imaginária, iluminando com rajadas de lanterna – em um arremedo da luz estroboscópica – e o paletó novo, na verdade um blusão de mesma cor e estilo que o usado por James Dean em *Rebelde sem causa*.

Vamos até a mesa e tenho a honra de receber a faca das mãos do pai, indicando que corte o bolo assim que as velas sejam apagadas. Nesse momento se dá conta de que há uma a mais e a retira, atirando-a sobre um prato.

É moreno e corpulento, as maçãs do rosto indígena agora um pouco suavizadas pela gordura, e suas imensas mãos de jogador de basquete nos fazem um sinal para que comecemos a cantar.

Seus olhos brilham com exagerada felicidade: tem sabido ser um bom viúvo, suas duas filhas são maravilhosas e um dia aparecerão forasteiros distintos para se casar com elas. Além disso, o caçula da família é amigo do professor, o que lhe garante boas notas e um futuro acadêmico. Talvez siga também a carreira de professor.

Em vez de inundar minha boca com a cremosa porção que Augusto me oferece, coloco gelo na cuba-libre e vou até o banheiro bebendo com grandes goles.

No corredor, quando estou prestes a abrir a porta da toalete, encontro Teresa.

– Quer entrar antes? – me pergunta.

– Não tenho pressa. Vá você primeiro.

Percebo que sua respiração é curta e vacilante.

– Só quero me molhar um pouco. Está fazendo muito calor aqui dentro.

– Esta cuba está geladinha. Quer?

Aceita a bebida, mas não bebe. Levanta o copo e passa-o por suas faces ardentes.

– Que alívio! – exclama, entregando-se de olhos fechados à temperatura do gelo.

Aproximo-me dela para recuperar minha bebida e, ao ver a umidade de suas faces tão próximas, sinto o mesmo que meus lábios sentiriam se estivessem tocando sua pele.

– Com licença – diz então.

Entra no banheiro, fecha a porta e ouço-a passar o ferrolho.

Fico ali fora como se fosse alguém de plantão.

O pai aparece no corredor e me saúda com uma expressão alegre.

Levanto o polegar. Tudo OK.

Ali, tão próximo da porta, ouço agora, claramente, Teresa correr o ferrolho para abri-la. Retiro-me para permitir sua passagem.

Mas a garota não aparece.

A audácia acelera a pulsação da veia do meu pescoço. Absurdamente, apalpo o nó da minha gravata para ver se está em ordem.

Depois abro a porta e assim de cara só distingo o contorno dos objetos. Estamos quase às escuras. Fecho a porta, e agora sou eu quem passa o ferrolho. Teresa está reclinada na pia e respira depressa. Colocaram para tocar "Magic Moments", com Perry Como. Avanço até ela e, como um profissional, pego um botão de sua blusa e demoro propositalmente um minuto para abri-lo.

Recordo a imagem de Elena: "Aqui, nesta aldeia, há dois barris de dinamite." O pavio está em minhas mãos e em minha língua.

Junto seus lábios franzindo-os com meus dedos e resolvo beijá-la assim pela primeira vez. Quando me afasto, ela abre o segundo botão da blusa e agora distingo seu sutiã pendendo da pia. Expõe seus seios com modéstia, sem ênfase. Tenta ser natural, mas está tremendo.

– Eu lhe escrevi uma carta, Jacques.

– Nunca a recebi.

– É porque não a mandei.

– E por que não?

– Uma carta deixa vestígios. E o que eu lhe dizia era muito sério.

Coloco a mão em seu ventre e, enquanto me acaricia os cabelos, mordo suavemente seu queixo.

– Me diga.

– Quero ficar com você, mas não aqui.

– É o único lugar onde podemos nos trancar.

– Mas é minha casa, Jacques. Não quero fazer com você neste cárcere.

– Cristián pode nos emprestar o quarto dele.

– O moinho é cheio de baratas e ratos.

A umidade de seu ventre atravessou a saia. Ainda na sombra, ambos percebemos a mancha quando afasto a mão.

– Tenho que ir me trocar – diz.

Pega o sutiã na pia, abotoa o botão superior, corre o ferrolho e sai meio às cegas para o corredor.

A luz de fora permite que eu me veja bem no espelho. Aproximo-me atraído por algo estranho em minha expressão.

– *J'ai vieilli!*

O francês da minha infância voltou junto com uma baforada de ar que embaça o espelho.

Recordo o personagem de *Zazie dans le métro* quando lhe perguntam como passou em Paris.

"*J'ai vieilli*", diz.

– "Envelheci" – repito.

Junto com esta frase, tomei decisões.

Vinte e um

Decisões.

Como um arquiteto febril, esboço um croqui do que farei neste sábado enquanto a chuva do amanhecer arrasta o barro acumulado nas janelas.

A lista de afazeres do dia reza:

Um, fazer a lista de afazeres.

Dois, visitar Cristián.

Três, tomar o café da manhã com mamãe e convencê-la de qualquer jeito.

Quatro, a grana de Gutiérrez.

Cinco, pacto com Gutiérrez; instruções exatas. Ou seja, trem.

Seis, Teresa.

Sete, conclusões (se por acaso houver).

No moinho encontro Cristián perfeitamente barbeado, com um alto e imaculado chapéu de cozinheiro e uma moderna vestimenta de linho branco que quase lhe dá uma dignidade de comandante de iate. Hoje não usa o eterno avental de farinheiro decorado com manchas de vinho tinto.

– No último sábado não fiz pão e os clientes estão furiosos. Temem que não entregue a mercadoria, virão buscá-la aqui. Comprei esta roupa em Angol. Gosta?

– Você a encontrou na mesma loja do cartão com as bailarinas de Degas?

Cristián enrubesce e enfia na minha bolsa de cânhamo seis pãezinhos quentes envoltos em um pano azul-celeste bordado com *copihues* vermelhos.

– Aquele dinheiro que lhe dei para ficar com a garota no sábado era emprestado. Você está me devendo, Jacques.

– Pagarei assim que receber os honorários das traduções.

– Está bem.

Vinte e dois

Hoje levantei antes de minha mãe. Coloco grãos de café no coador e deixo a água fervida gotejar. Aqueço o leite no fogareiro e corto dois pedaços de queijo amanteigado que ainda estão frescos, envoltos no papel de cera. Transformo um vidro de geleia vazio em um vaso de flor. Encho-o de água e equilibro ali, o melhor que posso, uma margarida.

Mamãe chega para preparar o desjejum e se surpreende ao ver que está tudo pronto. Lavou os cabelos no chuveiro e enrolou uma toalha azul na cabeça. Cheira a lavanda. Coloca açúcar no seu café com leite e mexe com uma colherzinha, me olhando desconfiada. Coloquei os dois cotovelos na toalha da mesa e apoio o queixo nas palmas das mãos.

– Qual é o assunto?

– Sua vida, mãezinha.

– Vamos falar da minha vida?

– Sim. De como você se sente, do que lhe faz falta.

– Sinto-me bem, nada me faz falta.

– Mas você nunca sai. Suas mãos ficaram lívidas de tanto lavar lençóis e toalhas.

– Não há muito para ver em Contulmo.

– Mas você poderia sair da aldeia. Ir a Angol.

– E voltar com febre, como você?

– Você tem um casaco de pele.

– É muito chique para ser usado nestes lugares.

Mastiga lentamente o pãozinho do moleiro com um pedaço de queijo e sorve sem ruído seu café com leite. Enfio a mão no bolso da camisa e entrego-lhe um envelope.

– O que é isto?

– Uma entrada para o filme desta noite.

– Você está louco. Eu, ir ao cinema?

– Em Santiago você sempre ia ao cinema, me contava todos os filmes. Agora vive muda, como se os ratos tivessem engolido sua língua e seu coração.

– Duas horas de viagem de trem só para ver um filme?

Desta vez tiro do bolso da calça uma passagem de ida para Angol.

– Jacques?

– Mamãe?

– A febre...

– O que tem?

– Deixou sequelas.

Olha em uma das mãos a entrada e na outra a passagem de trem. Desamarra com um puxão o nó da toalha que prendia seus cabelos e o perfume se espalha, magnífico, pela cozinha. Bebo o café e o aprovo com um sorriso.

– Você está me escondendo alguma coisa, Jacques.

– Sim.

– O que é?

– Prefiro não lhe dizer.

– Se não me disser, não irei ao cinema.

Mastigo meu sanduíche e não desvio os olhos dela. É difícil fazer pactos com mamãe. Por exemplo, se lhe disser o que penso lhe dizer, isso não significará que automaticamente considere aquilo um compromisso e vá ao cinema.

– Preciso ficar sozinho em casa esta noite.

– O moleiro diz que você quer se matar.

– É um linguarudo.

– Se você se suicidar eu te mato – diz com um sorriso.

Passa o indicador pelos meus lábios, como se estivesse selando uma promessa.

– Ao contrário, mamãe. Trata-se de uma garota.

– Da aldeia?

– Hummm.

– Eu a conheço?

– Não acho que exista alguém por aqui que você não conheça.

– É bonita?

– É.

– A Teresa Gutiérrez!

– A Teresa Gutiérrez, mamãe!

– Vai se deitar com você?

Ficamos tomando café por um tempo sem dizer nada. O padre toca na igreja a primeira de suas sete badaladas.

– Não sei, mamãe, estas coisas não podem ser previstas.

– Qual é o filme que estão passando na matinê? É um faroeste?

– Esta semana não vão passar filmes de caubói. Vão exibir um com Anna Magnani e Anthony Quinn.

– De que se trata?

– Li um anúncio na revista *Écran*. A ação se passa em um lugar isolado dos Estados Unidos. Ele ficou viúvo e ela vem para substituir a esposa que morreu. E ele fica comparando o tempo todo a nova mulher com a falecida. E então ela se apaixona por um homem jovem...

– E onde eu vou dormir em Angol?

O sol veio caindo lentamente sobre a toalha rústica. Os raios pousam na cesta de pão; mamãe levanta o pano que cobre os pãezinhos e os expõe à luz.

Aperto com força as pálpebras e assim controlo a eletricidade dos nervos. Pego um pão e o corto sem motivo. Não quero comer mais.

– Deus proverá – digo lentamente.

Na verdade, *rezo* lentamente.

Vinte e três

Marquei um encontro às 10 da manhã com Augusto Gutiérrez na quadra de basquete da escola. Aparece com seus óculos espaciais e vestindo uma bermuda jeans e chinelos.

Passo-lhe a bola e vejo que faz cesta de primeira.

Deve ser seu dia de sorte.

Sentamos em um tronco à beira da pequena tribuna e aceito o cigarro Richmond que me oferece com expressão de adulto.

– Trouxe o que lhe pedi?

Tira do bolso os 20 mil pesos amarrados por um elástico amarelo. Pego três notas e enfio-as na calça.

Mexo a bola com o pé direito.

– Isto é um empréstimo, você entende? Quando me pagarem *Zazie dans le métro* lhe devolverei o dinheiro.

– Está bem, professor.

– Como está se sentindo?

– Péssimo. Fiz 15 anos e não aconteceu nada.

– É que você só pensa em sua virgindade. Tem que chegar ao sexo de uma maneira mais sutil.

– Professor, se me chamou aqui para me dar lições, devo lembrá-lo de que hoje é sábado e não tenho aula!

Empurra a bola que está sob meu pé e sai correndo pela quadra driblando jogadores imaginários. Ao chegar embaixo da cesta, levanta a bola com os pés, pega-a com as mãos e encesta novamente.

Vem até onde estou com um humor melhor.

– O dinheiro que você me emprestou – digo – era para isto.

Pego uma passagem de trem e a deposito em seus joelhos nus.

– Vamos a Angol?

– Você vai a Angol.

– Sozinho?

– Você se orgulha de ter 15 anos.

– Não vão me deixar entrar, professor.

– Como sabe?

– Tentei há dois anos.

– Bem, ainda era um bebê.

Coça o espaço entre o nariz e os lábios e depois me pede que o apalpe ali.

– Percebe? Está nascendo um bigode.

Minha programação para a manhã está sendo cumprida à risca. Entrego-lhe, então, uma cartolina dentro de um envelope que contém os próximos passos.

– Você abre o envelope em casa e aparece na estação às 4.

– De acordo.

– Traga tudo o que está indicado no papel.

– Com certeza.

– Só vai precisar de 5 mil pesos. Não precisa levar todo o dinheiro.

– Cinco mil. Está claro.

– E vá de calça comprida e gravata. Você vai ver uma dama.

Gutiérrez toca o pescoço como se já tivesse amarrado a gravata vermelha.

– Cinco mil pesos, "Diário da vida", calça comprida – enumera.

– O resto está no envelope.

– Você é um grande mestre, professor.

– Isso você pode dizer ao delegado de polícia local quando chegar o momento. Podem me prender por causa disto.

Augusto Gutiérrez olha com ansiedade o relógio e estala os dedos, incentivando os ponteiros a avançar sem pausa até as 4 da tarde.

Vinte e quatro

Faltando cinco minutos para as 4 horas, a habitualmente vazia plataforma da estação de Contulmo parece um comício político.

Há três grupos nítidos.

Minha mãe, enfiada em seu casaco de pele, chapéu de feltro de filme dos anos 1940, luvas de couro pretas e uma sombrinha, que balança pensativa.

Teresa Gutiérrez, com saia e paletó masculino, um lenço cinza cobrindo-lhe os ombros e o pescoço, uma valise de couro cor de café aos seus pés.

O chefe da estação, que trata de atar os fios tentando talvez compor uma história com todos esses personagens.

E agora eu.

Sangrando como um homem baleado, mas possuído pela minha intriga.

Antes de me aproximar dos meus heróis, vou até o chefe da estação, pois quero lhe ditar o que terá de dizer esta noite quando o pai de Augusto Gutiérrez atravessar de pijama os trilhos procurando com uma lanterna seus filhos Augusto e Teresa. Tem de mentir e dizer ao pai de Teresa que a viu ir com Augusto para Angol.

— O movimento está grande hoje — digo-lhe.

— E variado. A senhora sua mãe, certo?

— Sim, vai a Angol buscar uma encomenda que meu pai lhe enviou de Paris.

— E os irmãos Gutiérrez.

– Teresa vai acompanhar o irmão a uma loja, para trocar um presente de aniversário que ficou pequeno. Um blusão como o de James Dean.

– E você?

– Vim me despedir de mamãe.

Primeiro vou até o grupo dos Gutiérrez.

Teresa está pálida e com ar de abandonada. O resto de infância que a protegia parece ter se liquefeito. Está diante de mim em uma desesperada disponibilidade. Eu inventei com autoridade esta história de que vai a Angol para que eu possa despi-la, por puro capricho, em minha própria cama. Aqui, em Contulmo.

Agora reviso meu aluno. Perfeita a calça cinza, bem passado o paletó azul, alegre a gravata vermelha com bolinhas brancas, adultos os cabelos contidos por uma brilhantina implacável.

E no meio de tudo, triunfal como uma maçã azulada, o globo terrestre com o qual conseguiu a nota mais alta de geografia do colégio.

– Você o entrega à Srta. Luna.

– O mundo e os 5 mil pesos?

– Primeiro o mundo, e depois, quando chegar a hora, os 5 mil pesos.

Levar de presente o globo terrestre foi ideia minha.

O trem chega à estação apitando desnecessariamente. Hoje só os cães atravessam os trilhos.

Às vezes penso que o maquinista aciona a sirene só para não adormecer. Um trem tão aprazível e rotineiro como este poderia chegar a Angol mesmo sem condutor.

Depois vou até minha mãe e a ajudo a subir os degraus do vagão.

Abaixa-se para beijar minha testa.

– Que seja uma festa, Jacques.

– A sua também, mãezinha.

– Amanhã você me conta.

– Amanhã contamos um ao outro.

– Como se chama o filme de Ana Magnani?

– *Selvagem é o vento.*

O chefe da estação faz soar seu apito e confirma pela décima vez em seu pulso que são 4 da tarde e que o relógio da plataforma está parado há cinco anos nas 15h10.

Vinte e cinco

Em casa, mal consigo tirar da geladeira uma jarra de limonada e lhe servir um copo quando Teresa começa a chorar. Eu gostaria de lhe perguntar o que está acontecendo com ela e consolá-la. Cheirar sua pele e acariciar seus lóbulos. Lamber com minha língua seus cílios e tragar o rímel juvenil que agora se desfaz.

Mas meu coração está ausente.

Suas batidas acompanham com gravidade as pesarosas rodas do trem que vai ao cinema de Angol.

Emilio precisa de uma mãe que cuide dele.

Ah, pauvre père

deviné quel amour

Et combien j'aime

choses de la terre.

Quel étonnement

pouvais me voir ma

À genoux dans le li

éclant le sol de me

és chercheus de bea

Aurais-tu jamais

as mis en moi.

avers toi toutes les

ait le tien si tu

tenant.

ueux de la journée

eux mains comme

!